GABRIELA BAUERFELDT

ALICE
Alice Walker

1ª edição – Campinas, 2021

"A maneira mais comum de as pessoas desistirem do poder é acreditarem que não possuem poder nenhum."
(Alice Walker)

M•STARDA EDITORA

A história de Alice Walker começa no ano de 1944, na pequena cidade rural de Eatonton, no interior do estado da Geórgia, nos Estados Unidos. Filha de Lee Walker e de Minnie Tallulah Grant, Alice era a mais nova de oito irmãos.

Apesar de humilde, a família de Alice tinha forte empenho em proporcionar uma vida digna a todos os filhos. Seus pais eram trabalhadores rurais, e sua mãe, para ajudar na renda, também trabalhava como costureira.

Aos quatro anos, Alice passou a frequentar a escola. Ela sempre foi uma excelente aluna e gostava muito de ler e ouvir histórias.

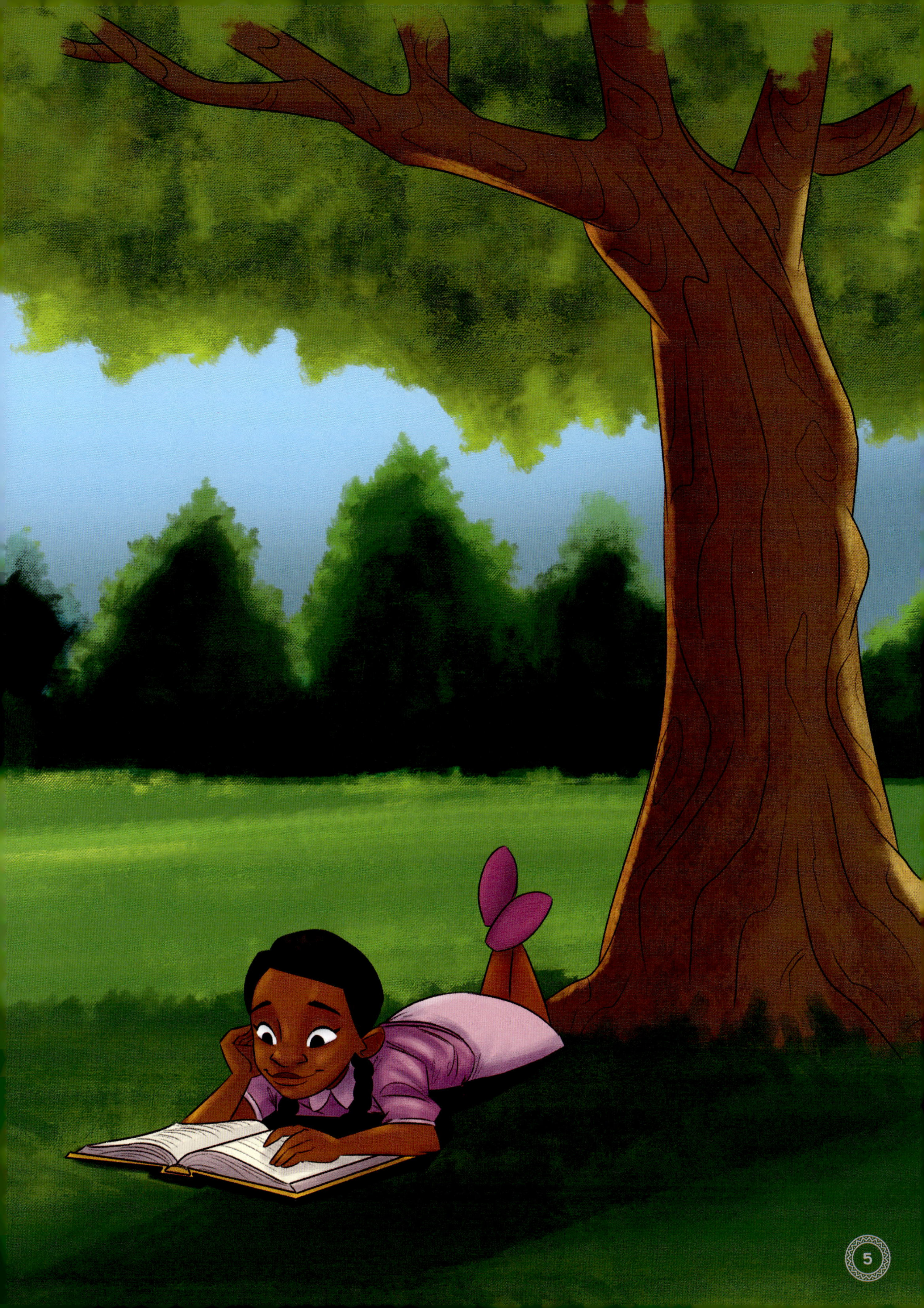

Sua vida, apesar de estável, também foi marcada por dificuldades. Aos 8 anos, ela estava brincando com os irmãos, quando um deles disparou uma pistola de ar comprimido, acertando sem querer o seu olho direito.

Os pais ficaram desesperados com o acidente, mas, como não possuíam muitos recursos, a filha não pôde receber a atenção médica necessária e acabou perdendo a visão do olho atingido. O acidente marcou sua vida para sempre. Alice se voltou cada vez mais para si e, em seus momentos a sós, dedicava-se intensamente à leitura.

Alice e sua família também tinham de lidar com outro grande desafio: a segregação racial nos Estados Unidos. Mesmo depois do fim da escravidão no país, o racismo continuava intenso e a população negra não tinha os mesmos direitos que a branca. Havia lideranças que apoiavam fortemente a segregação e defendiam que os brancos eram superiores aos negros.

·BRANCOS·

Esse pensamento se tornou tão forte, que foi institucionalizado, ou seja, as ideias a favor da segregação se tornaram leis que ficaram conhecidas como "Leis de Jim Crow". Essas leis basicamente proibiam os negros de frequentarem os mesmos locais que os brancos frequentavam. Tudo era separado: escolas, assentos nos ônibus, banheiros, bebedouros, etc. Os piores lugares ficavam reservados aos negros. Mas Alice não se intimidava com essas divisões e injustiças.

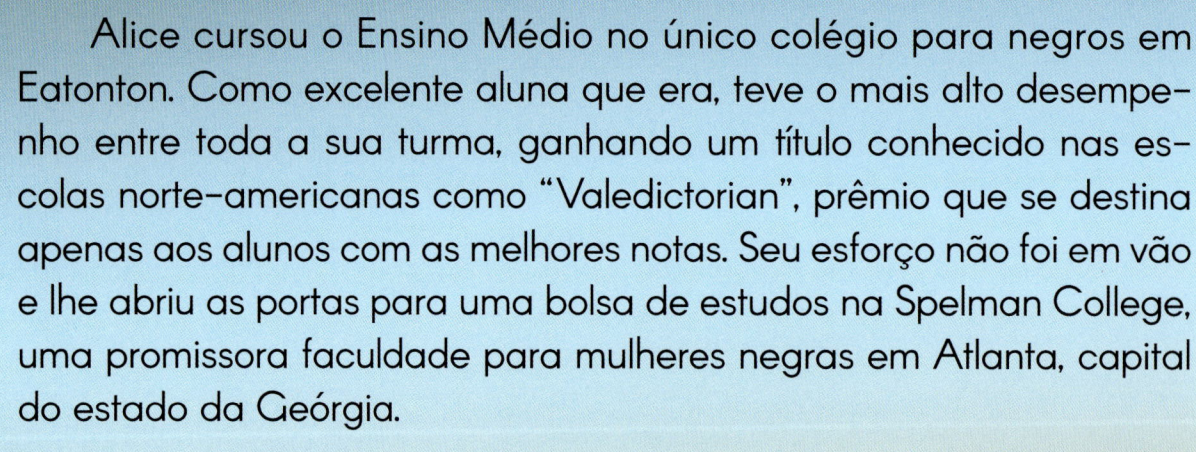

Alice cursou o Ensino Médio no único colégio para negros em Eatonton. Como excelente aluna que era, teve o mais alto desempenho entre toda a sua turma, ganhando um título conhecido nas escolas norte-americanas como "Valedictorian", prêmio que se destina apenas aos alunos com as melhores notas. Seu esforço não foi em vão e lhe abriu as portas para uma bolsa de estudos na Spelman College, uma promissora faculdade para mulheres negras em Atlanta, capital do estado da Geórgia.

Spelman College

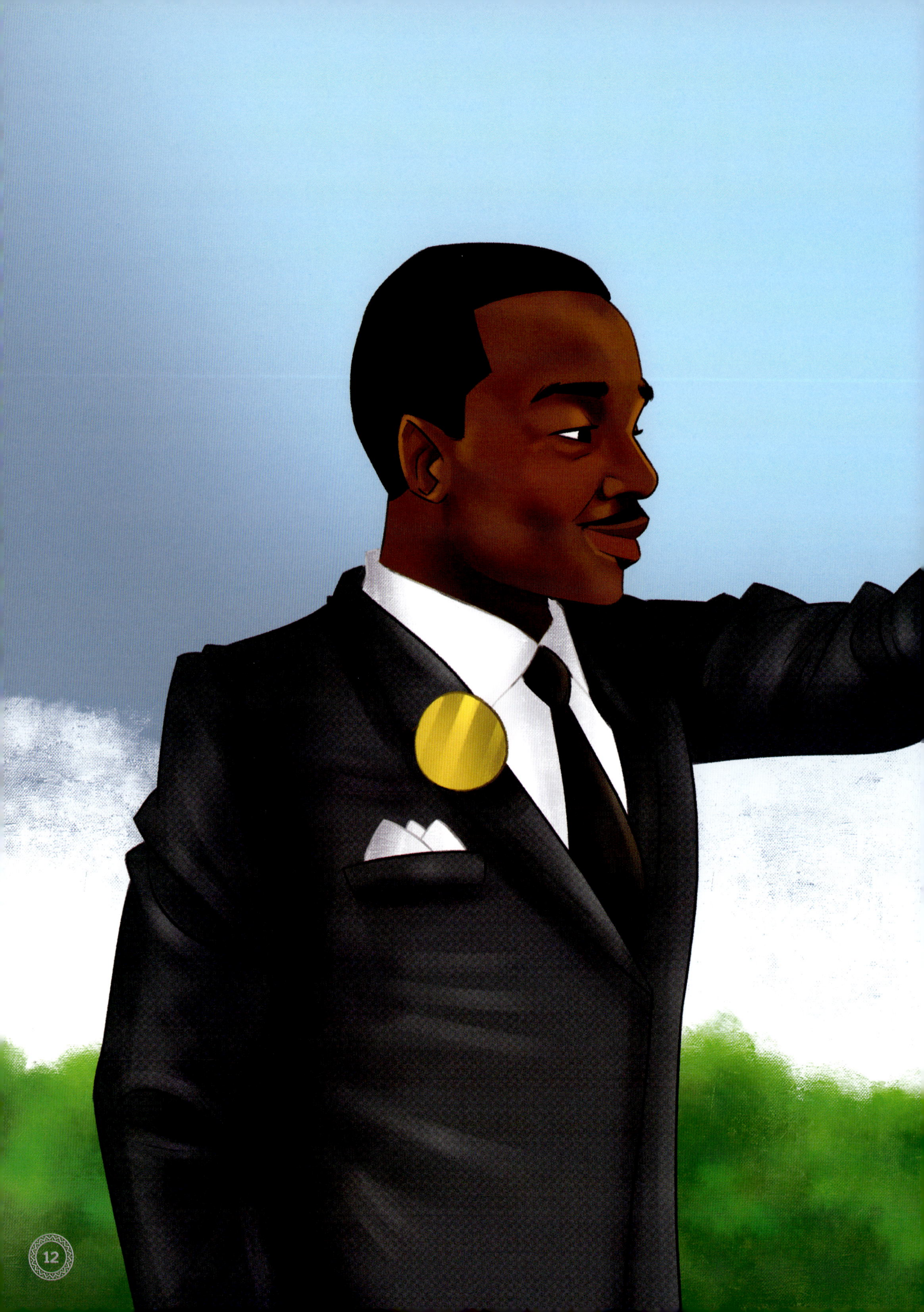

Alice estudou por dois anos na Spelman College, onde conheceu Martin Luther King Jr., figura importantíssima na luta pelos direitos civis nos Estados Unidos. O encontro despertou nela o desejo de incluir essa luta em sua vida e se tornar ativista dos direitos civis.

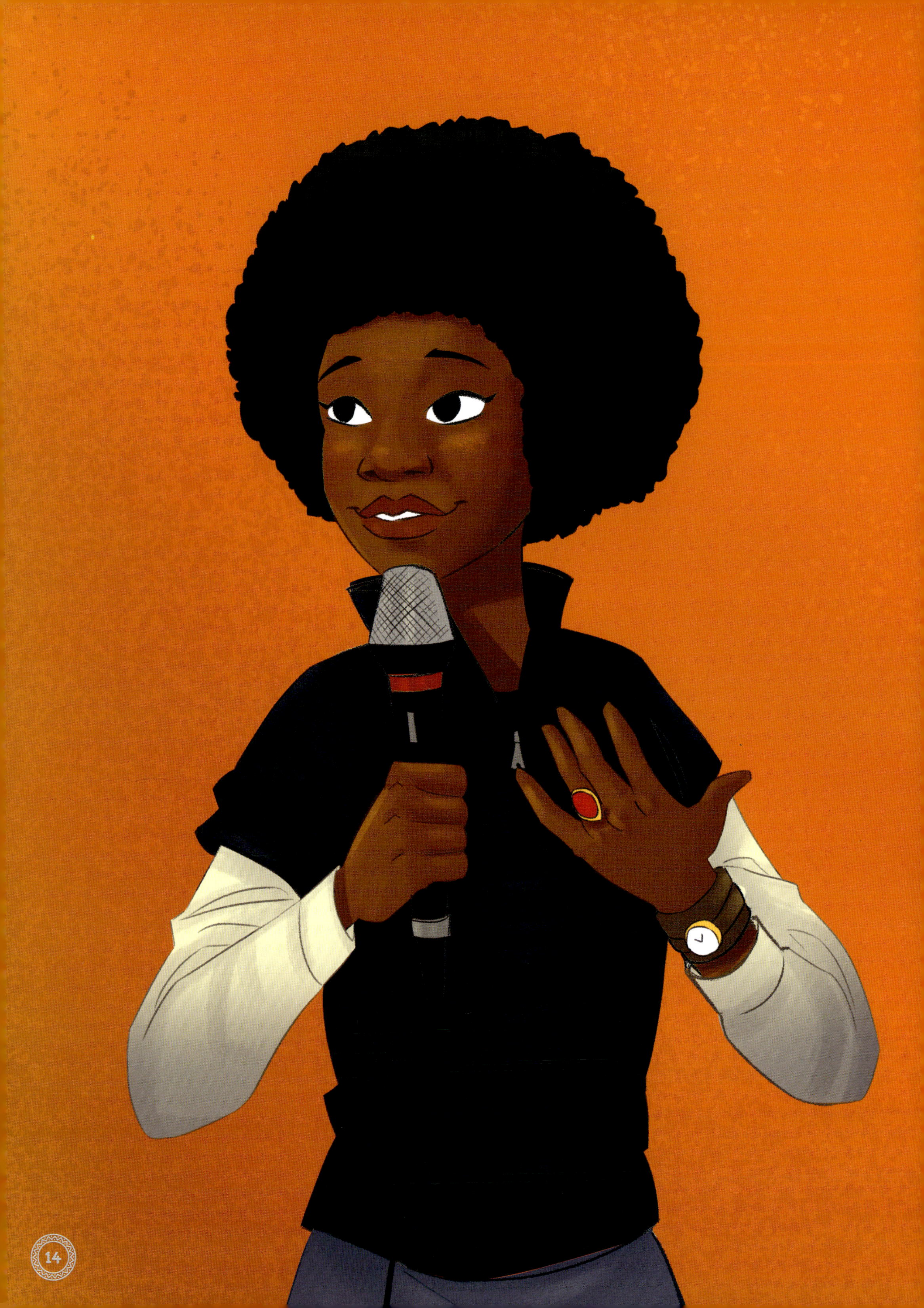

Depois desse período, ela se mudou para a Sarah Lawrence College em Nova Iorque, onde continuou seus estudos em Artes e se envolveu mais profundamente com o movimento pelos direitos civis.

Alice se dedicava cada vez mais a desenvolver um estilo próprio de escrita. A voz que ela alcançava soava ao mesmo tempo poética e política. Era por meio da literatura que ela compreendia o mundo.

Contudo, ela enfrentaria mais alguns desafios ao longo da vida universitária. No seu último ano de faculdade, ela perdeu um bebê e passou a ser acometida por pensamentos negativos e de muita tristeza, chegando por vezes a pensar se valia a pena estar viva. Esse momento de angústia e sofrimento foi transformado por ela em inspiração para o seu primeiro livro de poesias, *Once*.

My desire
Meu desejo

is always the same; wherever Life
é sempre o mesmo, onde quer que a Vida

deposits me:
me deposite:

I want to stick my toe
Quero estirar as pontas dos pés

& soon my whole body
e logo o corpo inteiro

into the water.
na água.

I want to shake out a fat broom
Quero agitar uma grossa vassoura

& sweep dried leaves
e varrer as folhas secas

bruised blossoms
as pétalas pisadas

dead insects
os insetos mortos

& dust.
a poeira.

I want to grow
Quero cultivar

something.
alguma coisa.

It seems impossible that desire
Parece impossível que o desejo

can sometimes transform into devotion;
possa às vezes se tornar devoção;

but this has happened.
mas aconteceu.

And that is how I've survived:
E foi assim que sobrevivi:

how the hole
uma covinha

I carefully tended
que cuidei com carinho

in the garden of my heart
no jardim do meu peito

grew a heart
fez brotar um coração

to fill it.
que se arvora.

(Alice Walker, 1968 / Tradução: Fábio Fonseca de Melo)

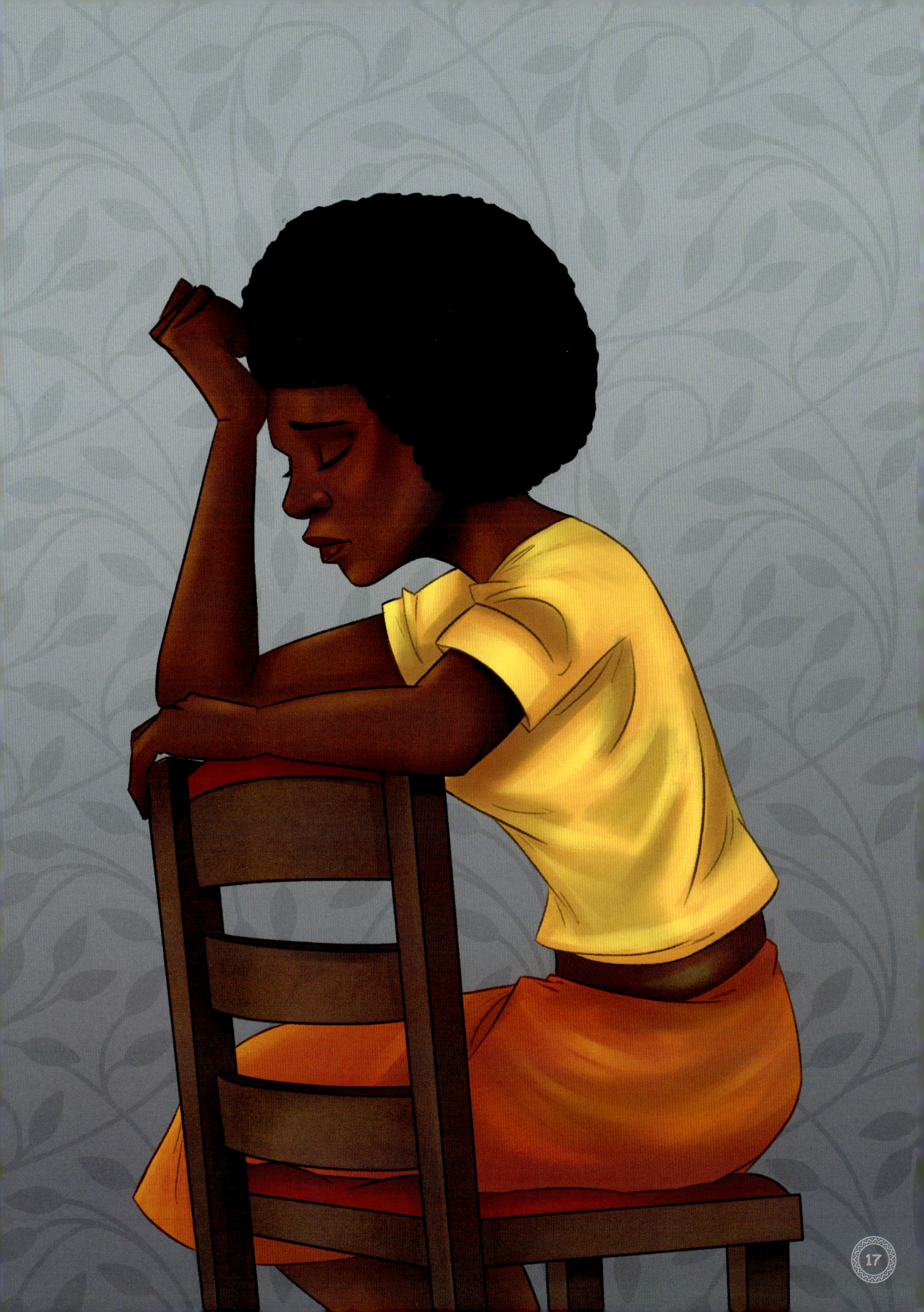

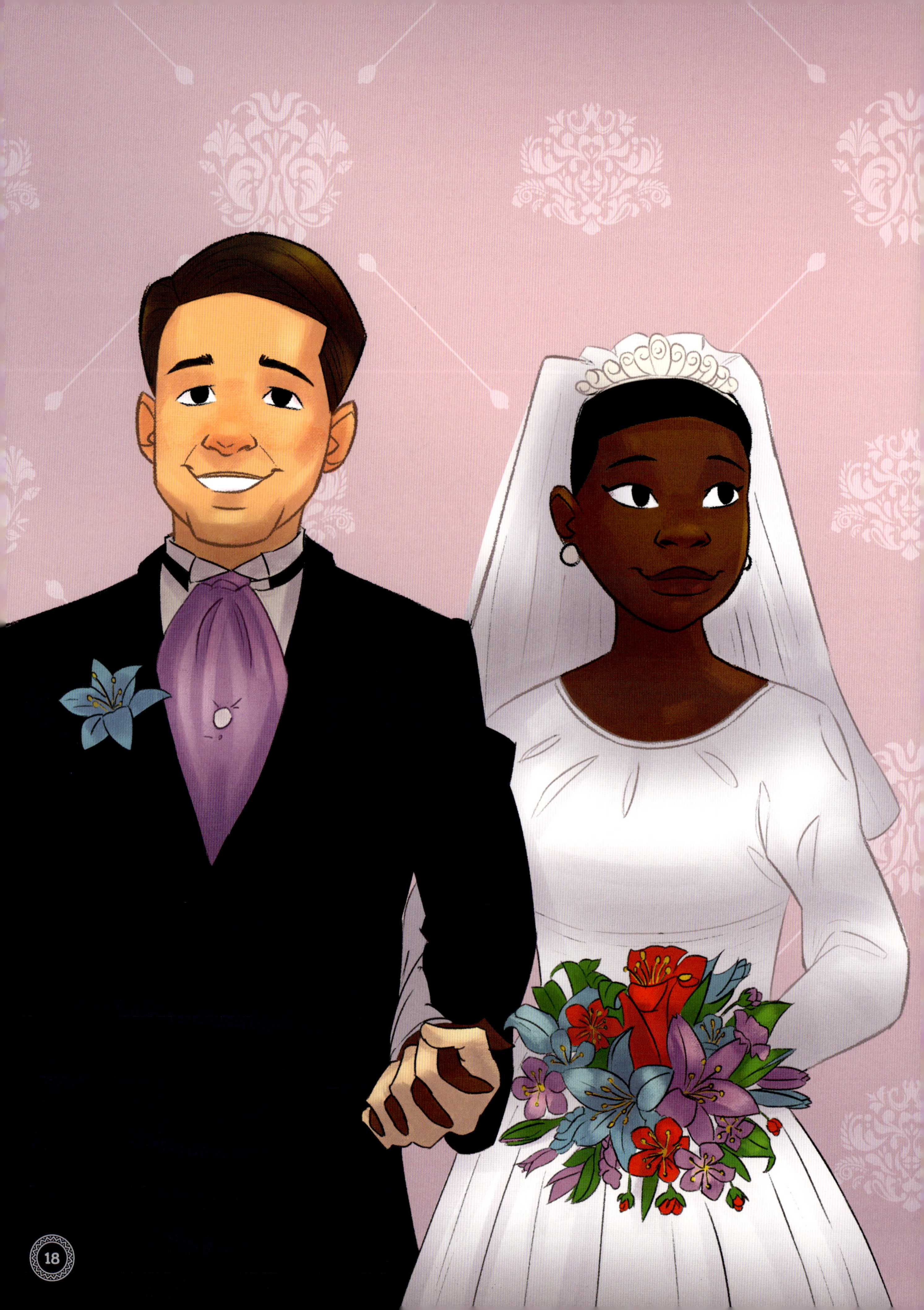

Em 1965, Alice concluiu seus estudos na Sarah Lawrence College. No mesmo ano, ela conheceu seu marido, Melvyn R. Leventhal, um advogado branco que lutava pelos direitos civis. Em 1967, eles se casaram em Nova Iorque. O casamento acabou funcionando como uma mensagem aos Estados Unidos e ao mundo: brancos e negros podiam se amar e conviver. O casal se mudou para Jackson, no Mississippi, e se tornou legalmente o primeiro casal inter-racial no estado.

No mesmo ano do casamento de Alice e Melvyn, as leis de segregação deixaram de existir. Ainda assim, eles sofreram com o preconceito e as ameaças de parte dos brancos da região, inclusive de alguns membros da "Ku Klux Klan", grupo que pregava o ódio aos negros, algumas vezes com violência.

Os dilemas e as angústias da vida de Alice eram retratados em suas obras. Em 1969, ela terminou de escrever o seu primeiro romance, *A Terceira Vida de Grange Copeland*, livro que conta a história de uma família negra que sofre com o racismo nos Estados Unidos. No mesmo ano, nasceu sua primeira filha, Rebecca Grant.

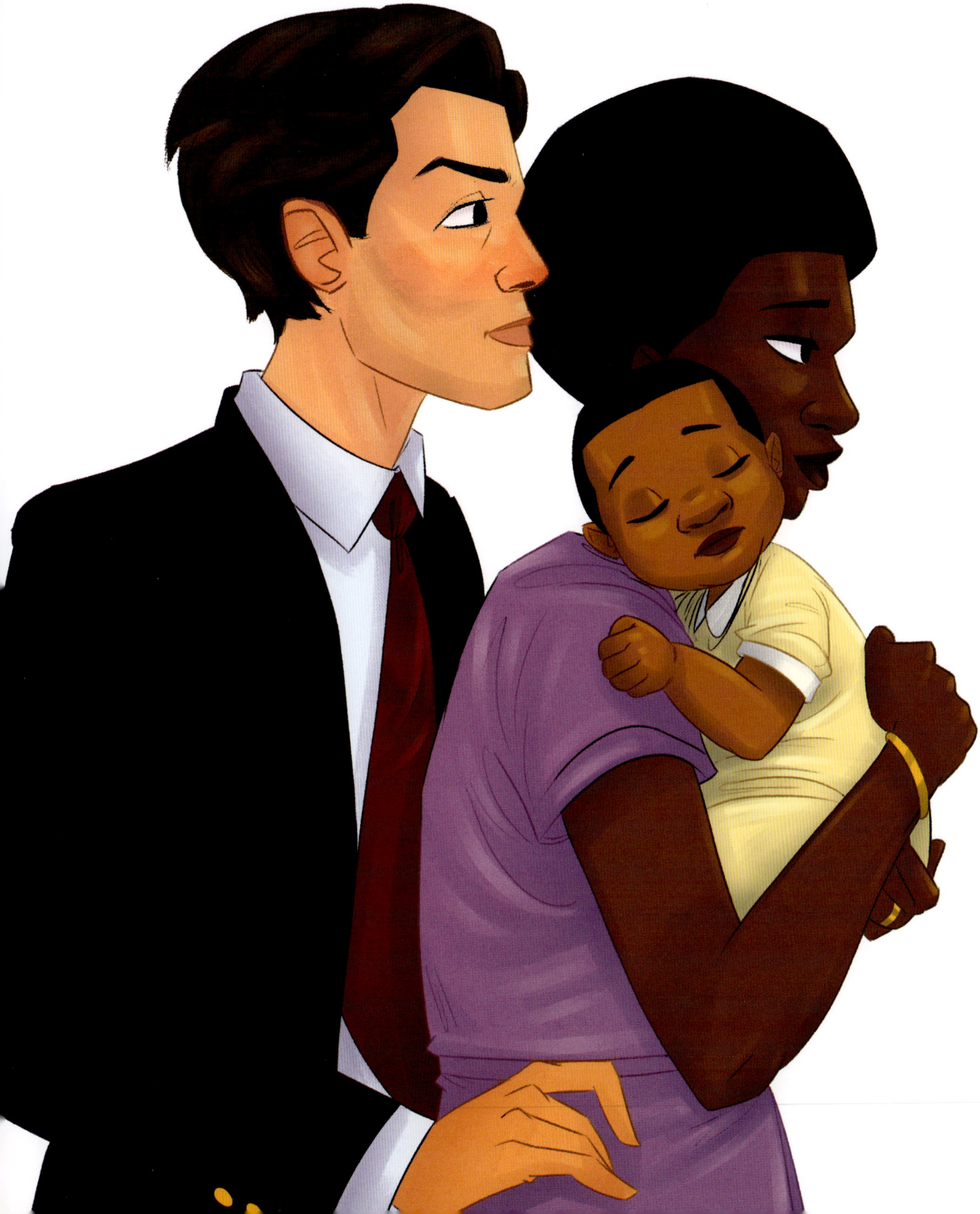

Alice seguiu escrevendo suas obras. Em 1973, publicou o livro de contos *De amor e desespero: histórias de mulheres negras*. Em 1976, publicou o romance *Meridiano*. Nesse mesmo ano, o casamento de Alice e Melvyn chegou ao fim; então, mais do que nunca, ela investiu em sua carreira como escritora.

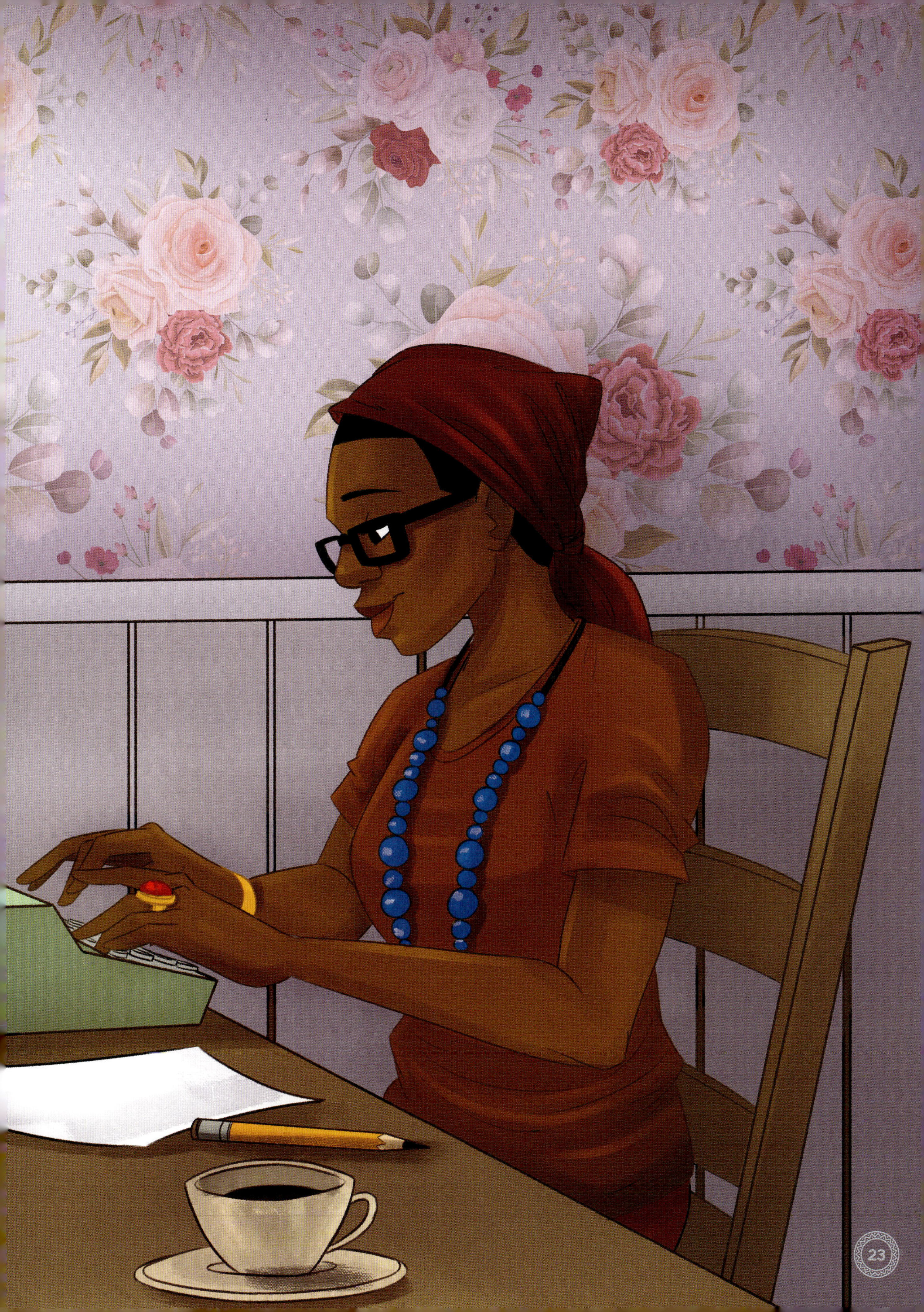

A relação com a filha era difícil, pois ambas viviam momentos muito solitários. Quando Alice se retirava por meses para escrever em um estúdio, Rebecca permanecia sozinha em casa. Era um grande desafio ser filha de um casal inter--racial e ativista.

Rebecca, por um tempo, teve dificuldade em entender a luta contra o racismo em que seus pais eram tão engajados, mas, aos poucos, compreendeu a importância de abraçar a causa e também se tornou uma voz na luta pelos direitos das mulheres e das minorias.

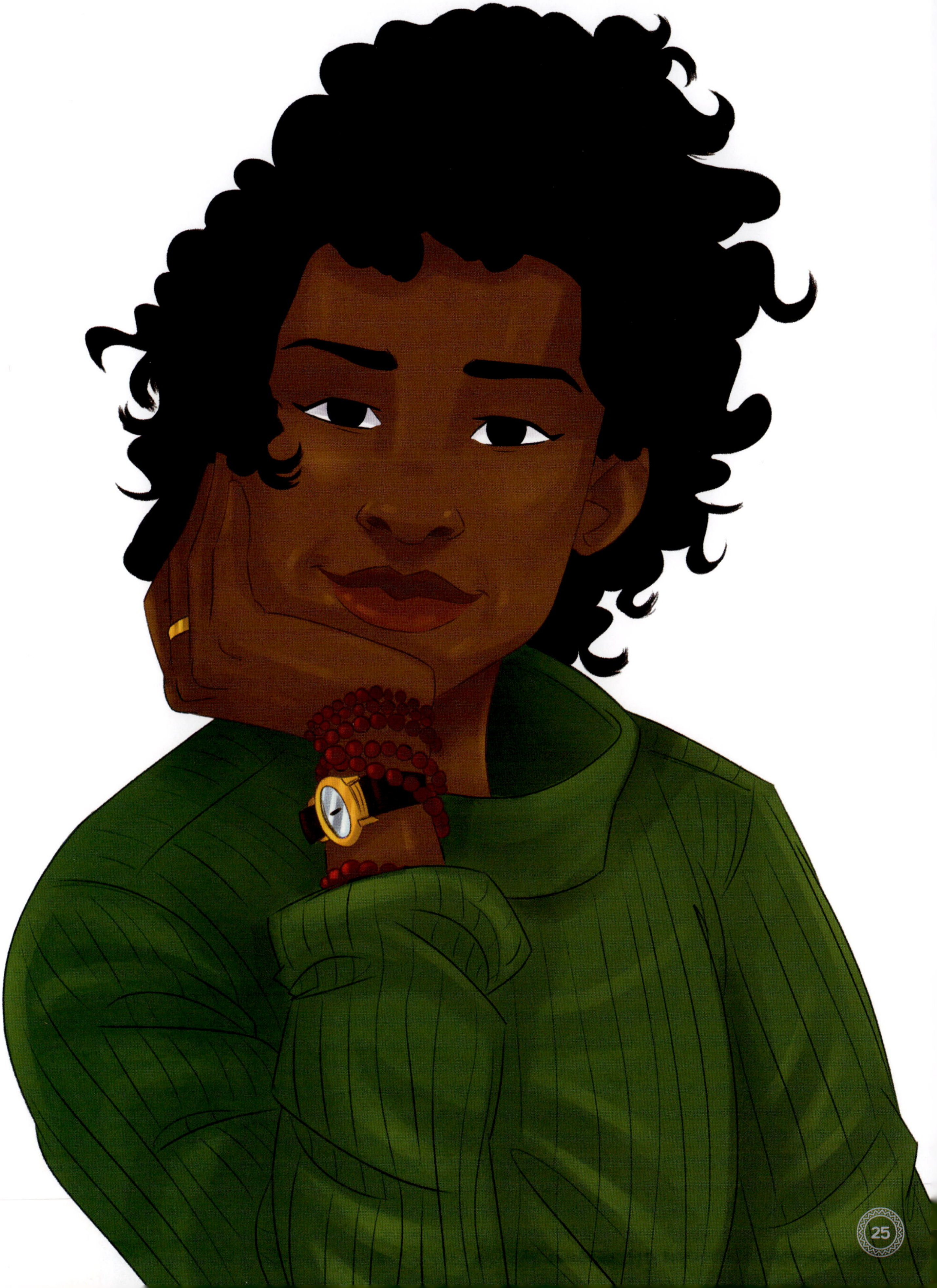

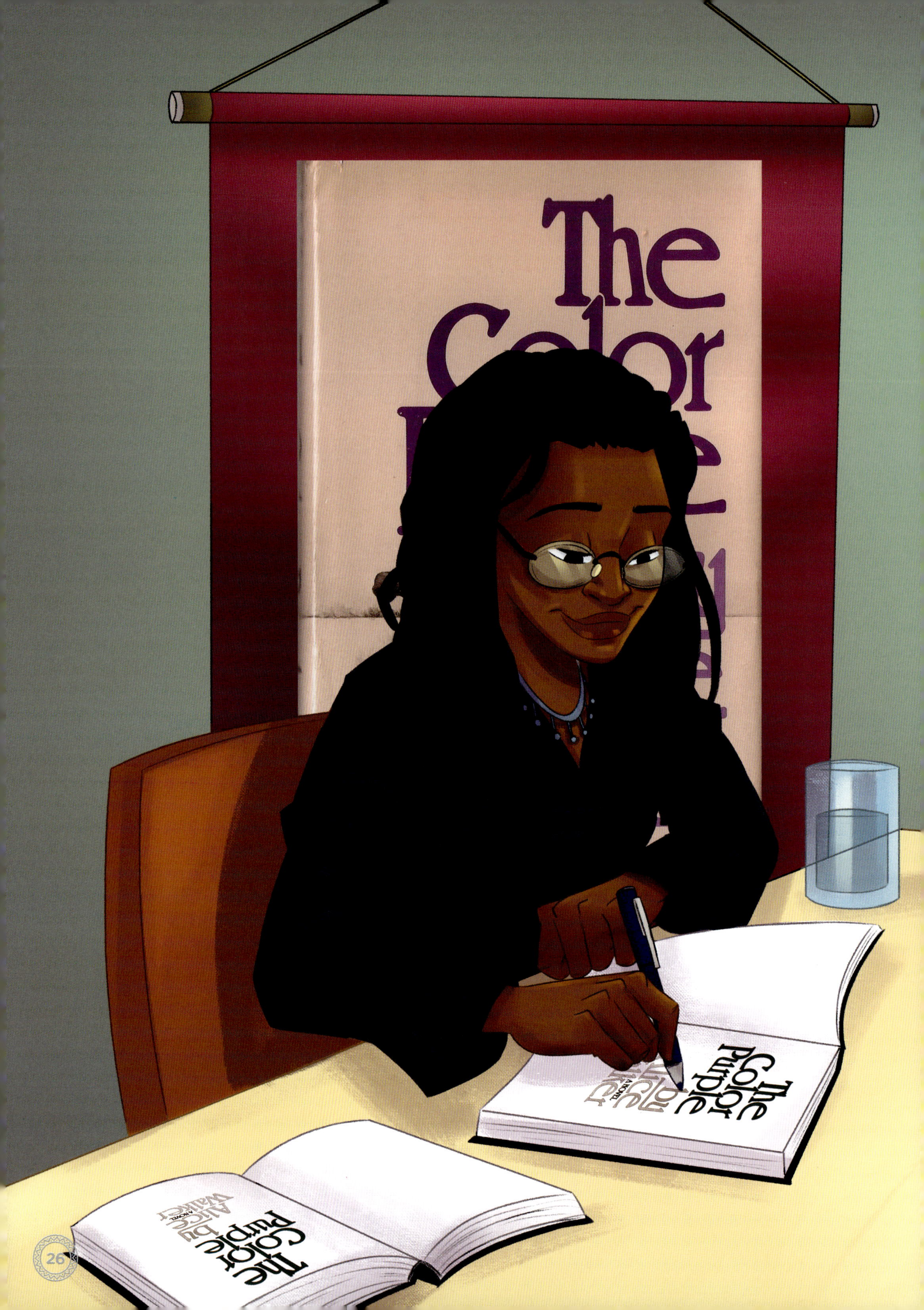
The
The Color Purple
by Alice Walker
A NOVEL

Em 1982, Alice publicou *A Cor Púrpura*, romance que a tornaria conhecida mundialmente. O livro conta a trajetória de sofrimento e superação da personagem Celie, mulher negra que vive no sul dos Estados Unidos. A obra aborda, entre outros temas, questões de discriminação racial e de gênero.

O romance foi tão bem aceito que, no ano seguinte, Alice ganhou o Prêmio Pulitzer, honraria dedicada a pessoas que realizam trabalhos de excelência em jornalismo, literatura ou composição musical.

Além do prêmio, o consagrado diretor de cinema Steven Spielberg decidiu trabalhar em parceria com Alice para lançar, em 1985, o filme *A Cor Púrpura*, contando com figuras renomadas no elenco, como Whoopi Goldberg, Danny Glover e Oprah Winfrey.

29

Alice desenvolveu e aprofundou o significado do termo *womanism*, da palavra inglesa *woman*, que significa "mulher", para se referir ao "mulherismo", ou seja, à luta simultânea contra o machismo e o racismo.

Alice Walker, 76 anos, negra, escritora, poetisa e ativista estado-unidense conhecida mundialmente segue dedicando sua vida à literatura, ao enfrentamento do racismo e à luta em defesa das minorias e daqueles que vivem em situação de extrema dificuldade. O dom de Alice de extrair poesia de temas extremamente densos e difíceis continua encantando e inspirando o mundo na busca por mais justiça, respeito e igualdade.

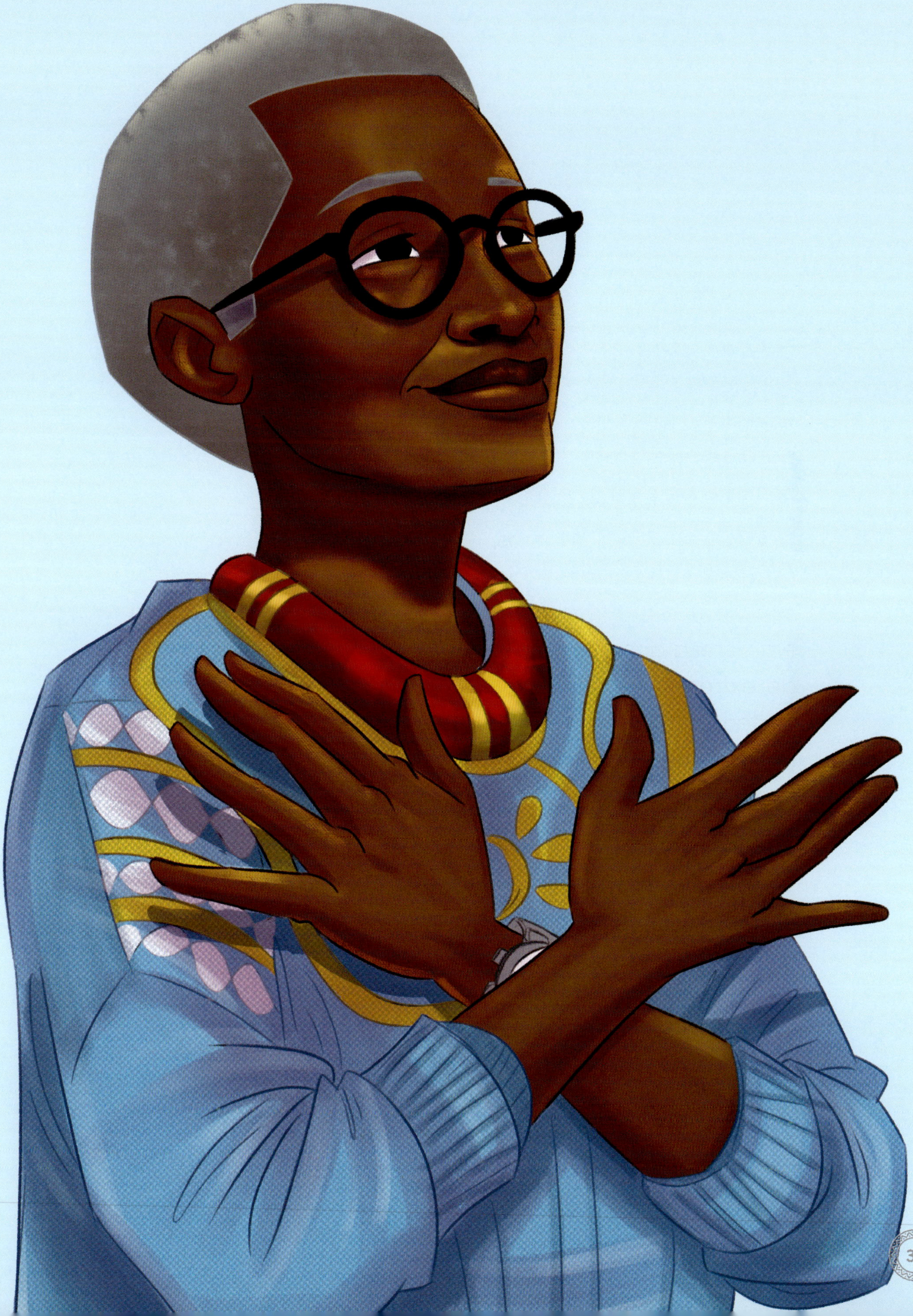

Querido leitor,

A editora MOSTARDA é a concretização de um sonho. Fazemos parte da segunda geração de uma família dedicada aos livros. A escolha do nome da editora tem origem no que a semente da mostarda representa: é a menor semente da cadeia dos grãos, mas se transforma na maior de todas as hortaliças. Assim, nossa meta é fazer da editora uma grande e importante difusora do livro, e que nessa trajetória possamos mudar a vida das pessoas. Esse é o nosso ideal.

As primeiras obras da editora MOSTARDA chegam com a coleção BLACK POWER, nome do movimento pelos direitos dos negros ocorrido nos EUA nas décadas de 1960 e 1970, luta que, infelizmente, ainda é necessária nos dias de hoje em diversos países.

Sempre nos sensibilizamos com essa discussão, mas o ponto de partida para a criação da coleção ocorreu quando soubemos que dois de nossos colaboradores, Renan e Thiago, já haviam sido vítimas de racismo. Sempre os incentivamos a se dedicar ao máximo para superar os obstáculos e os desafios de uma sociedade injusta e preconceituosa. Hoje, Thiago é professor de Educação Física, e Renan, que está se tornando um poliglota, continua no grupo, destacando-se como um dos melhores funcionários.

Acreditando no poder dos livros como força transformadora, a coleção BLACK POWER apresenta biografias de personalidades negras que são exemplos para as novas gerações. As histórias mostram que esses grandes intelectuais fizeram e fazem a diferença.

Os autores da coleção, todos ligados às áreas da educação e das letras, pesquisaram os fatos históricos para criar textos inspiradores e de leitura prazerosa. Seguindo o ideal da editora, acreditam que o conhecimento é capaz de desconstruir preconceitos e abrir as portas do pensamento rumo a uma sociedade mais justa.

Pedro Mezette
CEO Founder
Editora Mostarda

EDITORA MOSTARDA
www.editoramostarda.com.br
Instagram: @editoramostarda

© A&A Studio de Criação, 2021

Direção:	Fabiana Therense
	Pedro Mezette
Coordenação:	Andressa Maltese
Texto:	Gabriela Bauerfeldt
	Maria Julia Maltese
	Orlando Nilha
Revisão:	Marcelo Montoza
	Nilce Bechara
Ilustração:	Leonardo Malavazzi
	Lucas Coutinho
	Kako Rodrigues

Nota: Os profissionais que trabalharam neste livro pesquisaram e compararam diversas fontes numa tentativa de retratar os fatos como eles aconteceram na vida real. Ainda assim, trata-se de uma versão adaptada para o público infantojuvenil que se atém aos eventos e personagens principais.

Dados Internacionais de Catalogação na Publicação (CIP)
(Câmara Brasileira do Livro, SP, Brasil)

Bauerfeldt, Gabriela
  Alice: Alice Walker / Gabriela Bauerfeldt ; ilustração Leonardo Malavazzi. -- 1. ed. -- Campinas, SP : Editora Mostarda, 2021.

  ISBN 978-65-88183-05-2

  1. Biografia - Literatura infantojuvenil 2. Literatura infantil 3. Walker, Alice, 1944 I. Malavazzi, Leonardo. II. Título.

20-50243   CDD-028.5

Índices para catálogo sistemático:

1. Literatura infantil 028.5
2. Literatura infantojuvenil 028.5

Aline Graziele Benitez - Bibliotecária - CRB-1/3129